The Story of Plant Healers & Cancer

植物癒しと蟹の物語

あなたへ

これからぼくの語ることがどうか
あなたを聴くことになりますよう

ぼくより

植物癒し

はじめまして。ぼくはヒトのたくさん住む街で植物癒しをしています。植物癒しとは枯れそうな植物をちょっとだけ元気にする仕事で、水をあげたり肥料を土に与えたりするのとはまた少し違います。

主に植物の話を聴くのが大切なことなのです。もうちょっとだけ丁寧に言うとすれば、元気になろうとする元気すらなくしている心に寄り添う仕事です。ぼくはこの仕事に誇りを持っています。

植物というのはヒトの言葉をしゃべりませんが、ヒトの言葉に込められた想いや考えを深く理解して、ものすごく丁寧に聴いています。

ぼくなんかはヒトの話を聴いているふりして、わかっているふりして、うんうん、なるほど、すごいすごい、などとうっかり適当にうなずいてしまうことがたくさんありますが、植物は生まれてから死ぬまでの間、いつもヒトの話す言葉を一生懸命聴いています。どんなときもずっと耳を澄ませているのです。これはなかなかに大変なことです。

いつだって心を尽くして聴いているので、話すヒトと一緒になって怒ったり、悲しんだり、喜んだりします。

近頃、ヒトの世界では話す力、伝える力、発信する力が大事だと盛んに言われているようですが、聴く力というのは本当はそれらを上回るほど、とてつもない力を持っているのです。

賢いウミガメは、もしも世界中の植物がヒトの話を聴くのを一斉にやめたら、瞬く間にヒトビトは心の豊かさを失い、口げんかから殴り合いにまで発展し、1日待たず、核爆弾を撃ち合って滅びるのだと言っているそうです。

それほどまでに植物はヒトの話を聴いているのです。この事実はもっと知られるべきだと、ぼくの親友の長老ゴキブリも言っていました。

森の植物はさまざまな声に耳を澄ませながら、豊かに成長していきます。バッタが羽ばたけば、心は一緒に草の上を跳ねます。鳥が鳴けば、心は一緒に空を飛びます。地に根を張り、じっとしているだけのように見えますが、本当はとても自由に生き生きと過ごしているのです。

ただ、どんな言葉でもまっすぐ聴こうとするために、雷や嵐のような天候の叫びを受け止め切れず、枯れてしまうこともあります。それでもいつも一生懸命生きようとしています。

ひとつひとつの緑が命を全うできるようにヒトが祈ることは、植物を助けます。ほんの少しでいいのです。どうか祈ってあげてください。

なぜこんなことを願うのかといえば、いま街中に満ちあふれているのが祈りではなく、植物を苦しめる呪いばかりだからです。

街では自ら枯れてしまう植物がたくさんいます。本来、植物には日の光を浴び、水を飲んで、酸素を吐き出し、自らを癒やす力が備わっているというのに、それを封じて枯れてしまうのです。最初に述べた、元気になろうとする元気すらなくしている心とはこのことです。

街には植物にとってつらい言葉があふれています。聴いているヒトのことをけなしたり、罵《ののし》ったり、あざわらったり、からかったりする言葉です。こういう言葉を聴くと、植物は心を閉じて静かに消えていこうとします。とても悲しいことです。

植物はあなたが望むのなら、そのとおりになります。あなたが自分で望んだことに気づかなくても、その想いを汲み取っているのです。

あらゆる言葉の中でも致命的に植物を枯らせてしまうのは、声に出して口にすることすら叶わないヒトの心です。心を苛《さいな》まれ、想いを蝕《むしば》まれ、苦しむことさえあきらめようとしているヒトが「沈黙」という形で叫ぶ最後の悲鳴です。

植物は、ヒトのように空気の振動で声を聴いているのではありません。言葉に込められた心の波長を聴いているのです。それゆえ、声にならない言葉であっても、はっきりと受け取ることができます。

沈黙の悲鳴を受け取った植物はそのヒトそのものになりきって、一緒に生きることをやめようとしてしまいます。限界を迎えたヒトの代わりに植物が枯れることは、しばしば起こります。決して珍しい話ではありません。

心に結ばれた勇気の糸がプツリと切れて、自ら命を落とそうとする寸前で植物は大地に根を張り、そのヒトが思いとどまるよう、必死で支えているのです。

誰ひとりとして自分を助ける者はいないのだと、嗚咽を洩らし、己をあわれむことしかできないときにも、ヒトの声は確かに植物へ届いています。でも、その声を受け取ろうと頑張りすぎた街の植物たちは、やはり自ら枯れていくのです。

ここで、ようやくぼくの仕事が始まります。いわばヒトを癒やす植物たちをまた癒やすのが、ぼくの仕事というわけです。河川敷、橋の下、公園、毎日あちこち街中を歩いて回って植物とお話をします。

心を閉ざしてしまった植物はなかなか返事をしてくれません。それでも毎日ほんの少しでも語りかけます。最初はみんな心がいっぱいで、こちらの意図を汲んで会話することすら難しい場合がほとんどです。みんな口々にヒトの心から聴き取った感情をつぶやいています。

「もうダメだ、おしまいだ」

「自分には価値がない」

「なんのために生きているのか」

こういう言葉を、大切な呪文のようにずっと唱えています。残念ながら、ぼくは大それたことなど言えません。むしろ植物の言うことに「なるほど」と耳を立て、ただその言葉を聴いているだけです。

「どんなふうにおしまいなのかな」

「価値ってなんだろうか」

「なんのために生きているんだろうね」

口をついて出る台詞《せりふ》といえば、せいぜいがこのくらいのものです。

そうして隣に座ってぼやいていると、そのうち植物のほうからぼくの言葉に応えてくれるようになります。

「あなたは気楽でいいですね。わたしはこんなに苦しんでいるというのに」

これはある日、大きな公園に置かれたベンチの足元で咲く、名も知らぬ白い花に言われた言葉です。こんな皮肉を言われても、ぼくは相変わらず思ったとおりを口にすることしかできません。

「たしかにぼくはお気楽だ」

「わたしの気持ちなど、あなたにはわかりもしないでしょう」

「もしよろしければ、あなたがどんなに苦しいかをぼくに教えてはくれないだろうか」

「いいでしょう。何も知らないあなたに教えてあげます。まったくしようがありませんね」

難しく考えなくても、素直に聴いていれば植物たちがこうして自分から話してくれるのです。

「わたしが話を聴いているヒトは、会社員という職業をしています。いつも昼食のあとに飲みきれず余った飲料水をわたしに分けてくれる優しいヒトです。おかげで私の葉と花は随分育ちました。大変に感謝しています。彼は電話という装置でひっきりなしに誰かと連絡しています。聴こえる心の波長からも彼が優秀で、頭の回転の速いことが伝わってきます。身なりも整っていて、見た目からは何も問題がないように見えますが、彼はいつもどうしようもなく急いでいます。心が一つ所に落ち着くことなく、常に目まぐるしく動き続けているのです。なのに、彼はどうして急いでいるのか、自分で自分のことがさっぱりわからないのです。わたしは彼と出会ってから、いつか枯れるのになぜわたしは咲くのか、という不安にいつも襲われています。ほかのすばらしい草木を押しのけてまでこの土を勝ち取り、咲くことに何の意味があるのかという疑問ばかり浮かんできます。いままでそんなことは考えてもみませんでした。つまり、これはきっとあのヒトの気持ちなのです。彼は絶えず目の前に現れる恐ろしい競争の中をどうにか生き抜いています。しかし、勝利すればするほど、彼はより深く呪われていくのです。昨日、彼がわたしの下《もと》を訪れたとき、身に纏《まと》う衣服が丈夫な皮の生地に新調されていました。手首には真新しい時を刻む機械が巻かれていました。彼の身なりは日ごとによくなっています。それと反比例するように、ベンチへ腰掛けて口にする昼食の量はだんだんと減っているのです。顔も少し頬がこけたように見えました。心の声を聴くと、気持ちもひどく重くなっているのがわかります。装いは美しい宝石のようにピカピカと輝いていますが、わたしにはそれが彼の心を地面へ縛りつける重石《おもし》に見えるのです。彼の心はじたばたともがいて、落ち着きをなくし、ますます速くなっていきます。どこに行くかもまだわかりはしないというのに」

こんなふうに話を聴いていくと、苦しんでいる植物たちは、ふとぼくに尋ねることがあります。たとえば、この白い花は想いを吐き出したあとでハッとして次のように言いました。

「わたしたちはどこへ行くのですか？」

こういうとき、ぼくはいつでも正直にぼくの心を話すことにしています。一緒になって思い悩んだり、苦しんだりできたらよいのかもしれません。でも、ぼくはぼくに過ぎず、植物は植物に過ぎないのです。いつものようにぼくは素直な気持ちで答えました。

「さあ、ぼくにはわからない」

白い花はどうにも納得がいかない様子でした。

「では、あなたは？　あなたはどこへ行くのですか？」

「ぼくはどこへも行かない。いつもごろごろしておひるねしているだけだもの」

「そうですか。それはよいですね。でも、わたしの彼は、あなたのように生きることをひどく恐れているのです」

「それはどうして？」


ぼくが首をかしげた瞬間、ヒトが青ざめるときのように、白い花の葉先がわずかにしおれるのを見ました。

「自分が何者でもないことにおびえるのです。恐ろしくて仕方がないのです。わたしにも彼のような身に纏う道具があれば」

「君も自分の身を守る服や腕時計がほしい？」

「願わくば。けれど、わたしは地に咲くだけの花。心を覆う衣も手も何ひとつとして持ちません。それゆえに、わたしはありのままおびえているのです。ある意味でわたしはヒトである彼よりも彼そのものなのです」

白い花は話している間に、いつのまにか自分が花であることを忘れ、もうすっかりヒトそのものになりきっていました。


いよいよ茎まで元気をなくして白い花はうなだれ始めました。どうしたものかと耳をピンと立てて考えていたら、とてもいいアイデアを思いついたので、ぼくはそれを伝えました。

「彼と君の両方にできる素敵なことをひとつだけ知っているんだけど」


「なんですか、それは」

「おひるね」

「おひるね？　お昼寝をして何が得られるというのです？」

「なにも」

「何もない？」

「そう、なにもないんだ」


「何もない、ということはお昼寝にはまるっきり意味がないということになるのでは？」

「そうだよ。意味なんてないんだ」

白い花はすっかり呆れたようでした。

「それならば起きて働いていたほうが遥かに有意義でしょう。わたしは残った仕事を片づけますよ」

「ねえ、思い出してみて。君はヒトじゃなくて花なんだよ。ここに咲いているだけでいいんだよ」

「ええ、わたしは花です。それでも彼はヒトだ。ヒトは立っているだけでは生きていかれない」

「いま、彼の想いに触れて君がヒトになっているように、彼だって本当は花になれるんだ」

「いいえ、彼はヒトであることから決して逃れられはしない。だからこんなにも苦しいのですよ」

「そんなことはない。ヒトは自由だ。何にだってなれるよ」

「なら、わたしはどうやって自由になればいいのです？」

「さっき言ったとおりだよ」

「お昼寝ですか」

「そのとおり」

「ばかばかしい。お昼寝なんか時間の無駄です」

「無駄じゃない時間なんてないよ」

「なんですって？　無駄じゃない時間がない？　では、あなたは何もかもが無駄だというのですか」

「そう思う。この世界に価値のあるものなんかひとつもありはしないんだよ」


「では、あなたはいまどうして生きているのです」

「生きている限り、無駄な時間なんてひとつもないからさ」

「あぁ、あなたの言っていることはめちゃくちゃだ」

「ほら、よく考えてもごらんよ。まず、ぼくらのなにもかもが無駄だってことがわかったとする。でも、そのあとでもう一度落ち着いて考えてみれば、価値がなにもない以上、ぼくらは、ほかのなにものとも比べ合うことができないということがわかる。すると、今度は逆に、無駄なものがこの世からひとつもなくなってしまうのさ」

「もう。よくわからないことばかり言って。あなたと話していたらだんだん眠くなってきましたよ」

「それはすごくいいね、眠るといいよ」


そのときにはもう返事はありませんでした。白い花は深い眠りにつきました。あるいは眠ったのは花ではなく、この花が気にしているヒトだったのかもしれません。どちらにしても、ぼくはその両方に向けて語りかけました。

「目を開いているか閉じているかの違いだけで、いつもぼくらは夢を見ているんだよ」

それだけ言い残して、ぼくは公園を後にしました。


もしかすると、夢はまやかしに過ぎないのかもしれません。でもぼくと話している間、白い花は会話にずっと夢中なまま、少なくともあの呪文みたいなつらい言葉を何度も繰り返したりはしませんでした。ぼくからすればこのひとときもまた、夢を見ることと同じなのです。

たくさんお話をして疲れたので、ぼくは大きなあくびをひとつしてから公園近くの住宅街に向かい、陽の光でほんのり温かくなったお気に入りの赤い屋根の上に登って、おひるねをすることにしました。

眠れる獅子

こんな夢を見ました。

ぼくは形のないぶよぶよとした影のような姿をしています。周りにもたくさんのぶよぶよがいます。ぼくらの目の前には次のような看板があります。

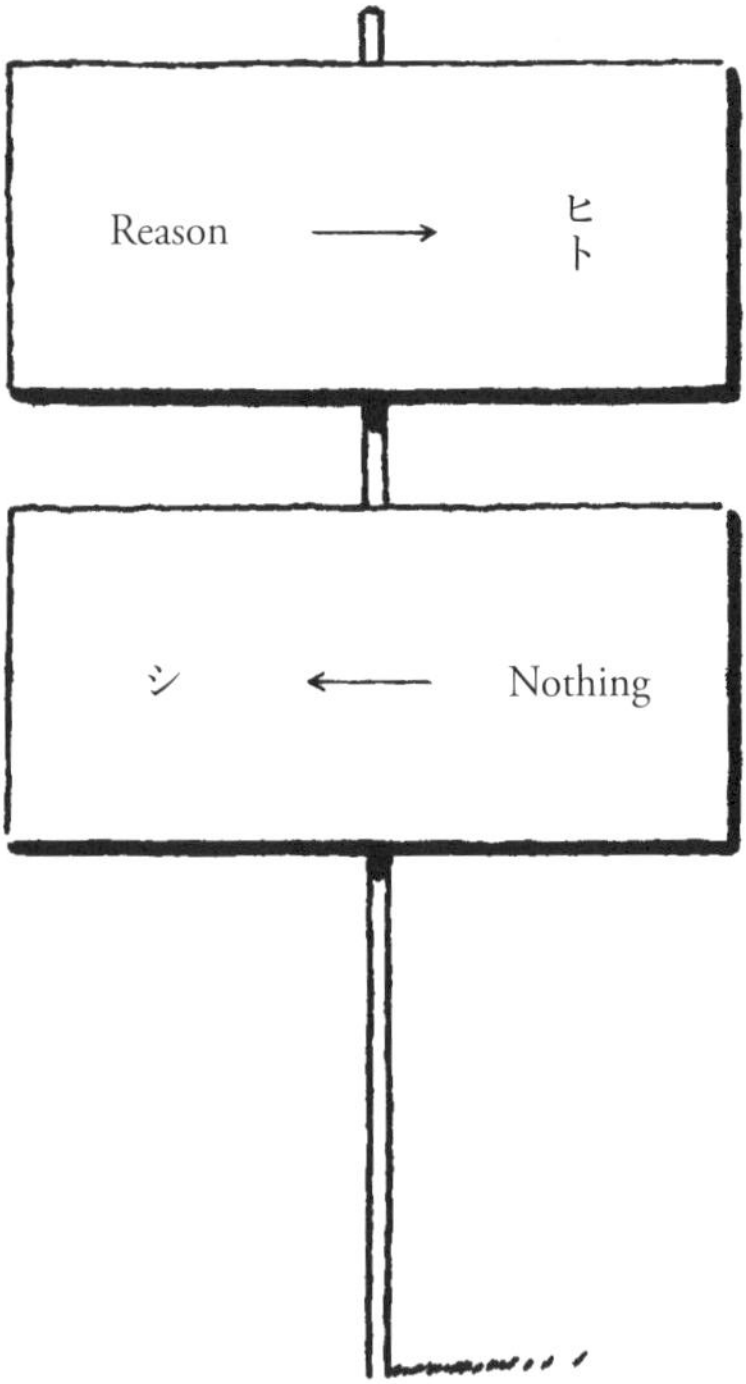
Reason → ヒト
シ ← Nothing

「シ」が指し示す先に道は続いていません。あるのは底すら見えない深い谷へと続く絶壁だけです。

「ヒト」が指し示す先には、曲がりくねった長い道が続いています。その遥か先には光り輝く美しい城が見えます。

看板のすぐそばには小屋がありました。中はいくつもクローゼットが並んだ衣装部屋になっていて、さまざまな衣服が用意されています。取り揃えられた衣服には必ずどこかに「Reason」という小さな刺繍がしてありました。

ぼく以外のぶよぶよはみんな一斉にヒトの道を選んで、わっと集まりました。

衣装部屋で自分の好きな服を身に纏《まと》うと、ぶよぶよはどんどんヒトの形になっていくのです。ぶよぶよが固まってすっかりヒトになった者から順に城を目指して走り出しました。

ぼくもクローゼットから服をいくつも取り出して一生懸命考えてみたのですが、自分に合う服はどうしても見つかりませんでした。さんざん服を選んだ挙句、探し疲れたぼくは、どうやっても自分がヒトの道を行くことはできないのだと悟りました。

決して死にたくはないけれど、しようがないので、ぼくはぶよぶよなまま、崖から飛び降りることに決めました。

崖に近づくと、空気が熱を帯びていくのがわかります。どうやらこの谷底からは地熱が噴き出しているようです。わずかな硫黄の臭いが鼻につきました（ぶよぶよな体のどこに鼻があるのかはわからないけどね）。

ぼくはペタペタと歩みを進め、南極のペンギンよろしくわずかに腕らしき部分をパタパタとさせながら、谷の底へ飛び込みました。

このまま自分は死んでしまうのだろうかとぼんやり思いながら、真っ逆さまに落ちていったのですが、下へ降りていくにつれて、谷底から噴き上がる蒸気と熱風がぼくのぶよぶよを乾かし、体の周りに纏わりつく影をすっかり取り払っていきました。

いつの間にか、ぼくはいつもどおりのぼくに戻っていました。谷底が近づいてきましたが、熱風が噴き上がるために落ちる速度は軽減され、ぼくはしなやかな四肢で怪我ひとつなく着地することができました。

谷の底は火山のようでした。熱気に包まれて、岩や土は赤黒く禍々《まがまが》しい色をしています。地表のあちこちに小さな穴が空いて、やかんのお湯が湧いたときのように蒸気が目一杯、噴き出しています。

灼けただれた肌に包帯を巻いたヒトたちがたくさんいます。みんなしゃがみこんだり、膝をついたり、呻《うめ》いたりしています。

彼らはヒトの姿をしてはいますが、みんなまだどこかに影があって、体がぶよぶよとしています。よくよく見ると、巻かれている包帯にはやはりReasonと書いてありました。

包帯のヒトたちのさらに向こう側には、地上と同じ、光り輝く美しい城が堂々と立っていました。

ひとつだけ地上と違ったのは、その城が絶えず、霧のように濃い水蒸気を立ち昇らせていたところです。水蒸気の温度はきわめて高く、触れたらやけどしてしまいそうなほどでした。

城の門前には立派な赤いたてがみを生やしたライオンが前足を揃えて座っています。

近づいてみると、ライオンの赤いたてがみは本当に燃えているのでした。まじまじと見つめても、ライオンはずっと目を瞑《つむ》ったまま、動こうとはしませんでした。

観察してわかったのは、どうやら地上にある城が、地底から昇る蒸気の陽炎《かげろう》が生み出している幻だったということです。

城が光り輝いて見える理由は、ライオンの燃やし続ける炎がライト代わりとなって城を照らし、立ち昇った水蒸気のスクリーンに谷底の風景を映し出すからでした。つまり、本当の城は地底深くに眠っていたのです。

ぼくは興味津々で、門前のライオンに話しかけようとしました。すると、ライオンは目を瞑ったまま、地響きのように深く揺れる声でしゃべり始めたのです。

「わたしは眠れる獅子だ」

彫像のように完璧な姿勢を崩し、眠れる獅子は動き出しました。それでも決して目を開こうとはしません。だというのに、彼は地表から噴き出す蒸気の穴をいとも容易《たやす》く、くぐり抜けてぼくの前に立ちました。

「どうして眠っているのに地面が見えるのですか？」

不思議になって眠れる獅子に尋ねましたが、彼は目を瞑ったまま答えようとせず、ぼくに問いかけました。

「なぜお前はこの道を選んだのだ」

「しようがなくです」

「しようがないとは何事だ」

「ぼくに合うヒトの服がなかったんです」

「あの衣装部屋に置かれた服が何か、お前にわかるか？」

「すべての服にReasonという刺繍が施されていました。あれはここで流行《はや》りのブランドなのですか？」

「そうだ。Reasonは近年、ヒトの間で大流行中の人気ファッションブランドだ」

「なるほど、トレンドなんですね」

「ああ、もうここ２０００年ほどずっとだ。もしかしたら、もっとずっと前からなのかもしれん」

「Reasonはどういうブランドなのですか」

「その名のとおりだとも。『理由』だ。Reasonというブランドを愛する限り、すべての物事には理由があり、すべての人間には生まれた意味があるのだ。Reasonを身に纏うことでお前の見たぶよぶよの影たちは初めてヒトとして認められる。いま、ヒトの間ではReason

の服を身につけぬ者は、もはやヒトではないとさえ考えられているらしい」

ぼくはうーんとうなり、首をひねって眠れる獅子に尋ねました。

「Reason 以外に何かよいブランドはないのですか」

「ある。ひとつだけある」

「なんという名前ですか」

「もうひとつ、看板に書いていたとおりだ」

「Nothing？」

「そうだ、それがわたしのお気に入りのブランドだ」

「それはぼくにも着ることができますか？」

「着ることはできない、だが、お前はすでにわたしと同じく Nothing のユーザーだ」

「どういうことですか？」

「Nothing は着ない服なのだ」

「服なのに？」

「それこそが Nothing の一番格好良い着方なのだ」

「身に着けていないのに？」

「そうだ、洒落《しゃれ》ているだろう？」


目を瞑ったまま息巻く獅子の鼻息は荒く、たてがみが轟々《ごうごう》と赤く燃え上がり、城はよりまばゆく輝きました。

「わたしは夢を見ている。お前も夢を見るといい」

「おひるねしていいんですか？」

「もちろんだとも」

「わーい」

ぼくは喜んで目を瞑り、夢を見ることにしました。そうしたところでひとつ気がついて尋ねました。

「でも、ここは夢の中では？」

「夢の中で夢を見てはいけないという道理が？」

「ありませんね」

「しからば思うがままに眠るがいい」

「はい」

ぼくは思うがままに眠りました。眠りながらでも体が勝手に動いて、亡者《もうじゃ》にあふれる地底を歩いていくのがわかりました。眠れる獅子の声がします。

「忘れるな」

ぼくはうなずきましたが、夢の中だから起きたらきっと覚えていないだろうと思いました。眠れる獅子は言いました。

「Nothing But Dream」

そこでぼくは目を覚ましました。ぼくは体がぶよぶよじゃないことを確かめてから、伸びをして屋根を降りると、また散歩に出かけました。

六畳一間の宇宙旅行

植物癒しの仕事は午後になっても続きます。植物の中には、まったく陽の当たらない路地裏に咲くような花もいます。

おひるねを済ませた午後に出会った薄紫の小さな花は、塀の向こう側の大きな屋敷でひとり暮らしをしているおばあさんの心に、もうずっと長い間、耳を傾けながら寄り添っていました。

そのおばあさんは、昼過ぎになるとお茶を用意して縁側で何時間ものを言わずじっとしているのですが、おばあさんの心の声は小さな子どもや年頃の女の子のおしゃべりよりも、遥かに多くのざわめきで満ちているのだと、路地裏の花は言います。

その花からたくさん話を聴いたあと、ぼくはひらりと身を翻して塀を乗り越えました。塀の高さはぼくの何倍もありましたが、これくらいなら簡単に跳び越すことができます。

屋敷に入るとすぐ赤い半纏《はんてん》を着たおばあさんと目が合いました。彼女は湯呑みを置き、顔を綻ばせ、ぼくに笑いかけました。もしも、路地裏で話を聴かなければ、ぼくは彼女のことを穏やかで優しいおばあさんだとしか思わなかったでしょう。

おばあさんはゆっくりと腰を上げて、箪笥《たんす》から細長いひもを取り出し、ぼくと遊んでくれました。耐えがたい誘惑に駆られたぼくは、おばあさんの操るひもとともに時を忘れて踊り狂いました。

しばらくすると腕が疲れてきたのか、おばあさんの手から長ひもがすっぽ抜けてあらぬ方向へと勢いよく飛んでいきました。

開いた襖を抜けて奥の和室へ消えていった長ひもを、ぼくは一切の躊躇《ちゅうちょ》なく追いかけました。

飛び込んだ和室で、ぼくはすばらしいものを見つけました。座布団の四隅についている短いひもの束です。ぼくは長ひものことを忘れ、座布団と戯《たわむ》れることに夢中になりました。

ひもの束を爪で弄びながら、座布団の上を鮮やかに回転するぼくの目が、部屋の片隅に置かれた仏壇をとらえました。視力は結構いいほうだと思います。

足を目一杯伸ばし、座布団の上を夢中になって転がるぼくの目に飛び込んでくるものがありました。おじいさんの写真と、そこに飾られるにはまだ早すぎる青年の写真が仏壇の上に並んで置かれている光景です。

おばあさんがゆっくりと和室に入ってきました。彼女は座布団のひもに狂喜乱舞するぼくを落ち着かせ、そっと抱いて膝に乗せると、お鈴《りん》を鳴らして仏壇に手を合わせました。ぼくは膝の上からおばあさんの顔を仰ぎ見ました。幾重にも刻まれた皺《しわ》の奥で、彼女の瞳はここではないどこか、まったくの虚空を覗いていました。

それはぼくが空を見つめて、夢を見ているときの眼と似ていて、おばあさんは誰よりも静かに、誰よりもはげしく、何かを求めて一生懸命考えているように見えました。

おばあさんの本当に大事なものは、仏壇の上に飾られた家族の微笑みとともにあり、それはもうきっと世界中、この地上のどこを旅したところで見つかりはしないのです。だからこそ、彼女はそれを探して心の中の虚空を旅するのだということがぼくにはわかりました。おばあさんはただ縁側に座っているのではなく、ずっとこの家の中でたったひとり長い長い旅行を続けているのです。

それは記憶の宇宙をさまようことに等しい途方もない放浪です。ぼくにはおばあさんの孤独を計り知ることができません。彼女は沈黙の中で、誰よりも厳しい戦いに身を投じているのです。

おばあさんはもうずっと長い間、自分の生きる意味を問うているのでしょう。そう考えると同時に、ぼくは彼女の着ている半纏の裏地へ小さくReasonと刺繍されているのに気がつきました。

ぼくは素早くおばあさんの膝から降りました。彼女が祈るように合わせた手を離して、現実の世界に戻ってきたからです。ゆっくりと腰を上げて縁側に向かうおばあさんの後ろをぼくはついていきました。

もう日が沈み始めていました。枯れ枝のような細い指を夕暮れの朱に染めながら、湯呑みをもう一度手に取ったおばあさんが小さく笑いました。

「ありもしないのに、ほんとおかしなことねぇ」

それは皮肉でも嘲笑でもなく、本当に不思議でしょうがないという口ぶりでした。

夕陽に照らされたおばあさんの表情を見たとき、ぼくはそう遠くないうちに彼女がReason の半纏を脱ぎ捨てるだろうと思いました。

おばあさんはまたぼんやりとして、記憶の旅行を始めました。ぼくはもう彼女の邪魔をしないよう、静かに屋敷を後にしました。

不思議な生き物

路地を歩きながら、これからどこへ行こうかと考えていたら、ぽつぽつと雨が降り始めました。ぼくは行きつけの駐車場に駆けて行き、自動車の下へ潜り込むことにしました。もう数週間も使われていない車両が1台あったのを覚えていたので、そこで夜を越すことができるはずだと考えたのです。

ところが運の悪いことに、駐車場に停まっている車は1台もありませんでした。どうしたものかとあたりを見渡していると、幸運にも1台の車が戻ってきました。それはさっきまで当てにしていた数週間も使われていない車両でした。
これ幸いと喜びに尻尾《しっぽ》を振って、車両が停まったのを確かめると、素早く車体の隙間に潜り込みました。先ほどまでエンジンが稼動していたおかげで、じんわり温かかったのもありがたいことでした。そこで丸まってぬくぬくしていると、２人の女性と１人の男性がドアを開けて車から降りてきました。

「おいしかったなぁ」
「この日のために薬を断《た》ってきて正解だった」
「ほんまによう食べたねぇ」

遠ざかっていく傘に隠れた２人の女性の服の端に、Reason と刺繍がされているのを眺めていると、こちらに背中を向けているもうひとりの男性と目が合いました。いえ、正しくは男性の肩に乗っている、見たことのない生き物と目が合ったのです。ぼくはとても驚き、立ち上がろうとして車体に頭をぶつけてしまいました。

その生き物の体は透明で、10本の長い脚を持っており、その脚を広げてまるでリュックサックのような形で男性の背中につかまっていました。光沢のあるとげとげとした甲羅には模様が浮かび上がっており、そこにはNothingと記されていました。10本脚の生き物はじっとぼくを見つめたまま、表情ひとつ変えずにこちらへ向かって言いました。

「病院に来いよ」

この不思議な生き物の真っ黒な真珠のような瞳に、夢の中で崖から飛び降りたときよりもっと暗い深淵を垣間見たような気がしました。

ぼくは彼についていくことに決めました。そう思わずにはいられなかったのです。

街の手帖 リーディング

コトノハ編

455円＋税 （A5判ヨコ　52頁）

街の手帖
池上線
特別号

在庫僅少！

2013年から発行している、五反田～蒲田間を走る3両編成の電車・池上線沿線のローカル文化誌『街の手帖』。
沿線で撮影したのどかな風景写真と読み物 を編んだ、フォトブック感覚で楽しめる新しいかたち「リーディング」が好評発売中です。

ISBN978-4-9908335-9-6 C0026

特集「私は」。

楽屋日誌 ～池上線沿線飲み乗り継ぎ～　三遊亭司／伝統野菜のタネを広める　小林宙／コロナ禍での落語会　新免玲子 ／始発にて　大宮康子／街の倫理　オギリマサホ／小説　鉄の鶴　宵の星　小林大輝／丹波山村～大田区　小さな村で働き方を考える。　小村幸司／三島由紀夫と観世寿夫　増田正造ほか

わがしごと

wagashi asobi

1,900円＋税（四六判並製　212頁）

世界が注目する、
小さな商店街の
和菓子屋の物語。

創作和菓子ユニット wagashi asobi が贈る『わがしごと』。
職業とはなにか？　仕事をするとはどういうことか？
独立を考えている和菓子職人さんはもちろん、和菓子好きな方や、起業を考えている方など仕事に悩むビジネスパーソンにも響くメッセージが詰まった一冊です。【2016年4月発売】

ISBN978-4-9908335-2-7 C0034

コトノハの本のご案内

2020年10月

なのに――次の瞬間、ぼくは突然おそるべき眠気に襲われてしまいました。あの黒い真珠のような瞳を見ていたせいかもしれません。ぼくはまた眠り、夢を見ました。

夢の中のぼくはまだ城へ向かう途中で、熱気にあふれる地底を眠れる獅子と一緒にさまよっていました。

「病院が何なのかは知ってるんだ。ヒトが体を良くするための施設だ。あそこはみんな綺麗好きだから、ぼくみたいな毛むくじゃらはまず入れない。運良くまぎれ込んでも、すぐ追い出されてしまうだろう。どうしたらいいと思う？」

ぼくは知らないうちに独り言をたくさんしゃべっていました。眠れる獅子がこれを聴いてどう思ったか気になり、顔を覗き込みましたが、相変わらず彼は目を閉じたまま、こちらを見向きもしません。尋ねたことには答えず、眠れる獅子が言いました。

「お前はどうして植物を癒やして回るのだ」


「それがぼくの仕事だからだよ」

「仕事の報酬に何を得る？」

「何かを得る必要がある？」

「得るものがなくとも構わぬというのか？」

「たとえば植物は空気を綺麗にしても見返りを求めない」

「そうだな」

「海は汚れを洗い流しても見返りを求めない」

「そうだな」

「太陽は光を与えても見返りを求めない」

「そうだな」

「ぼくはそういうものになってみたいんだ」


いつの間にか目の前に、衣装部屋が現れていました。でも、地上とはずいぶん様子が違います。クローゼットのハンガーにはひとつも服が掛かっていないのです。

よく観察してみると、ハンガーのすぐ下にNothingという文字が浮かんでいるのに気がつきました。どうやら目には見えない透明な服のようです。


「お前の仕事にはどんな意味がある？」

「意味なんかないよ」

「では、なにもないのか？」

眠れる獅子が燃えるたてがみを揺らしながらNothingのハンガーに爪を掛けました。きっと炎を纏《まと》っているから、眠れる獅子はReasonを着ることができないのだなぁ、とぼんやり思いました。


「なにもない？　いや、そんなことはない」

「ではなにがあるというのだ？」

「いまはまだわからないけど」

ぼくは素直な気持ちで城を見つめて、まっすぐ衣装部屋を通り過ぎました。

「きっとなにかはあるよ」

「よろしい」

眠れる獅子は満足げにNothingのハンガーをつかんでぼくに手渡しました。目を瞑《つむ》ったまま、鼻息をまた荒くして轟々《ごうごう》とたてがみを燃やします。

「眠りなさい」

言われたとおりにぼくはうとうとし始めました。

「起きて夢を見るよ」

目を覚まして起きたとき、ぼくの体は水のように透き通って、これまでになかったある模様が浮かび上がっていました。Nothing と記されていたのです。

解る虫

雨はすっかりやんでいました。すぐに車両の下から抜け出て、街を歩き始めましたが、いつものように誰もぼくのことを写真で撮ったり、インスタグラムに載せたりしません。どうやらぼくの姿は誰にも見えていないようです。これなら病院にも忍び込むことができそうです。

病院に辿《たど》り着くまでの道中も植物癒しの仕事をして回りましたが、不思議なことに街中の植物がみんなぼくと話をするまでもなく、元気になっていました。雨のおかげかとも思いましたが、そうではなく、どうやら珍しい訪問者があったそうです。

聞くところによると、その訪問者は街に生きるどんな植物も見たことがない不思議な姿をしていました。

長い足が10本もあり、そのうちの2つには立派なハサミがついていたという話なのです。元気になった紫陽花《あじさい》が次のように語りました。


「彼は、生きることの意味などひとつもなくていいのだと、わたしに言ったのです」

「へえ、ぼくと似たようなことを言うんだな」

「あの不思議な生き物と話しているだけで、わたしはなんだか気が楽になっていきました」

「あの生き物が何なのか、君にはわかる？」

「わかりません。わたしはすっかり自分の話をすることばかりに夢中で、彼のことをひとつも聴きませんでしたから」

「そうか、わかった。どうもありがとう」

「でも、そういえばひとつだけ、彼自身のことを話していたのを思い出しました。生き物として自分が持っている、ある特性についてです」

「どんなことを言っていたの？」

紫陽花はその不思議さを思い出して笑うような調子で答えました。

「自分は時間を食べる生き物だ、と」

あちこちの草花たちに話を聴いて、不思議な生き物の跡を辿るうちに病院が見えてきました。

門をくぐってすぐのところに、色彩あふれる大きな花時計がありました。花時計をぐるりと回って中庭に入ると、駐車場で見かけた男性がベンチに座っている姿が目に入りました。雑誌を顔の上に載せたまま、すっかり寝入っている様子でした。その傍らには10本の透明な脚を持った生き物が静かに佇んでいます。甲羅には時々、水面が揺らめくようにうっすらと赤色が浮かび上がっていました。

ぼくはすぐに近寄って、話しかけました。不思議な生き物は驚きもせず、ベンチの上からぼくに挨拶をしました。

「よく来たな」

「こんにちは。君はいったい何の生き物なの？」

「俺は蟹だよ」

「かに？」

「解る虫と書いて『蟹』と書くのさ」

「何がわかるの？」

「さぁ、それはヒトによって違うだろうな」

「ぐぅ」

いびきが聞こえたので、蟹とぼくは一瞬だけ会話をやめて、雑誌で表情の見えない男性を見つめました。

ぼくは男性を尻尾《しっぽ》で指して尋ねました。

「じゃあ、このヒトは何がわかったんだと思う？」

「それは最後の刻《とき》を迎えるまで彼にも解らないさ」

「わかっても、すぐに刻は止まってしまうんだね」

「ああ、解らないっていうのは案外、幸福なことだぜ」

「君はなんでぼくを呼んだの？」

「お前が病んでいるからさ」

「ぼくは見てのとおり元気だよ」

「猫はふつう仕事をしないものさ」

「猫が仕事をしちゃいけない？」

「いけないことはない。だが、少なくとも植物を癒やして回る猫なんて、俺はこれまで聞いたこともないがね」

「でも、君だってこの病院に来る途中で植物を癒やして回っていたでしょう？」

「俺は別にいいんだよ」

ハサミを掲げて蟹はぶっきらぼうに言いました。

「そうなの？」

「そうだよ」

「ぐぅ」

蟹とぼくは一瞬だけ会話をやめて、雑誌で表情の見えない男性を見つめました。

「君も病んでいるの？」

ぼくはまた蟹のほうへ向き直って尋ねました。

「病んでいるというよりも、俺は病そのものだからな」

「病そのもの？」

「俺の名前は、Cancer ともいうんだ」

夢という名の

「うーん、どういう意味？」

「ヒトは生まれたときから体の中に見えない蟹を飼っている。その透明な蟹は音もなく静かに体を這《は》い回り、痛みもなく、知らぬ間にヒトを蝕《むしば》んでいく。蟹は別にヒトが憎いわけでも、悪意があるわけでもない。ただそういうふうに生まれてくるだけだ。蟹がいつ生まれてどれくらい大きくなるかは誰にもわからない。すぐ生まれてくるやつもいれば、最後まで生まれないやつだっている。そして、俺は隣にいるこのヒトが飼っている蟹なのさ」

「君はこのヒトの病ってこと？」

「そういうことだ」


ぼくは首をかしげました。

「自分が病なのに植物の心を癒やすなんて、変なの」

「病とは本来、心を癒やすためにあるものなんだよ」

「病院は、ヒトを病から癒やすんじゃないの？」

「そのとおりだ。でも本当は病がヒトを癒やすのさ」

「逆なんだね」

「ヒトは誰もがみな等しく病んでいる。俺の見立てではお前も自分の中に何かを飼っているようだ」

「そうかな」

「俺はわかりやすい形で現れただけなんだよ。蟹というやつはヒトが生きている限り、それはもう世界中のどこにでもいるんだから」

ぼくは顔の見えない男性を改めて見つめました。

「このヒトは、君のことをどう思っているの？」

「どうなんだろうな。わからない。でも、どうやら俺のことを知りたがっているみたいだ。医者でもないのに俺に関わる文献をいつも一生懸命に読み漁っているよ」

「それを読めば、君のことがわかるの？」

「いいや、俺を探したヒトたちの苦悩と挫折が記録されているだけだ。ヒトはみんな何百年もずっと俺を探しているが、未《いま》だに誰ひとりとして見つけられずにいるのさ」

「文献には、ほかにどんなことが書かれているの？」

「これまでのヒトと蟹の争いについて。争いといってもおよそヒトが一方的に俺たちを消そうと躍起になっているだけなんだが——大体のヒトは蟹を憎んで呪う。怒り狂ってどうにか殺そうとする。だが、目に見えない透明な蟹を殺すことは誰にもできない。それで絶望する。ただ、俺のご主人はあまりそういう気持ちを表に出そうとはしないんだ。とても珍しいヒトだと思う」

「ぐぅ」

ぼくと蟹はすっかりいびきに慣れてしまって、雑誌で表情の見えない男性のことをもう気にせずに続けました。

「絶望するヒトとそうでないヒトは一体、何が違うの？」

「ヒトは夢を見る生き物だろう？」

「そうだね」

「たぶんヒトによって夢の息づく場所が違うんだ」

「夢の息づく場所？」

「未来に希望を抱く者は可能性を奪われたことに絶望する。そのヒトにとって夢とは時間であり、これから起きるかもしれなかった可能性だからだ。蟹である俺は、このヒトの中にある見えない未来の時間を餌にしてずっと育ってきた。でも、俺に未来の時間を食われたぐらいじゃ、このヒトはちっとも絶望しなかった」

「未来じゃないとすれば、このヒトの夢はどこにあるの」

「これまで歩いてきた道がみんな夢だったんだ。このヒトはこれまで生きてきた時間が、自分の望んだ夢そのものだってことをちゃんと知っているのさ。この間も、本人の確認を取らずに勝手に投薬を始めた主治医に向かって『命のためならなんでも許されると思うな！』って怒鳴っていたよ。つまり、少なくともこのヒトにとっちゃ時間の価値は長さじゃないんだ。俺は自分が生まれて病に侵されたあとのことしか知らないけれど、それでもこのヒトがずっと自分の意志で自分の道を選んで、夢を叶え続けて生きてきたってことだけは、はっきりとわかるんだよ。だけど、俺は蟹だ。蟹である俺はいつかこのヒトを殺すだろう。飼い主の時間を喰らい尽くして未来を奪うだろう。それでも、これだけはどうか知っておいてくれよ。俺はこのヒトのことが大好きで、最後の瞬間を迎えるその刻《とき》まで、彼が幸福でありますように、といつも心の底から祈ってるんだぜ」

ぼくはまっすぐな蟹の瞳をまっすぐに見つめ返して、うなずきました。

「わかった。君とこのヒトが最後の刻を迎えても、ぼくがいつまでもそれをずっとずっと覚えているよ」

蟹は表情をひとつも変えませんでしたが、少しだけ雰囲気がやわらかくなったような気がしました。

「ありがとう、そう言ってもらえてほっとしたよ」

そのときちょうど花時計の長針が頂点に達して、病院中に鐘の音が鳴り響きました。

「うぁ」

ベンチに座って眠っていた男性は体を一瞬震わせてから目を覚まし、顔に載せた雑誌を手に取ってから、立ち上がって大きな伸びをしました。蟹はひらりと身を翻して、またいつものように彼の背中へつかまりました。

「じゃあまたな」

そうして蟹とヒトは去っていきました。ぼくは彼らの後ろ姿を見て、あるひとつの違いに気づきました。蟹の甲羅に浮かび上がっていた文字がNothingではなく、Dreamに変わっていたのです。その新しい蟹の甲羅の模様を見たぼくはなんだか誇らしい気持ちになりました。

病院を後にしようとしたそのとき、誰かと目が合いました。それは中庭を通り過ぎようとするスケッチブックを抱えた車椅子の少年でした。彼は間違いなくヒトで、間違いなくぼくの姿を瞳に映していました。はっきりと見えているはずなのに少年は何も言わず、ぼくに向けて微笑んでから車輪を回して去っていきました。

青い薔薇

見えないはずのぼくがなぜ見えるのかさっぱりわからず、ぼんやり考えを巡らせていると、車椅子の少年が、これまで見たこともない青い薔薇の入った花瓶を抱えて戻ってきました。

ぼくは確かめるように彼の目をじっと見つめました。少年もやはり微笑んだまま、ぼくを見つめ返しました。するとその瞳の奥で、輝く星が線を結ぶようにNothingという文字を浮かび上がらせているのがわかりました。

「あなたはぼくのことがわかるのですか」

ぼくは思わず尋ね、車椅子の少年は静かにうなずきました。

「君でしょう？　この街の植物をいつも元気にしてくれていたのは」

「元気になったのは植物たち自身の力です。ぼくは何もしていません。でも、それでもぼくは植物癒しなのです」

すると、少年の表情がぱあっと明るく輝きました。

「ボクはずっと君に会いたかったんだよ」


少年は色素の薄い腕を伸ばして、青い薔薇の花瓶をぼくの前に差し出しました。

「この子、元気がないんだ。話を聴いてあげて」

「元気がない？」

「ひと言もしゃべらないんだ」

「あなたは薔薇の声が聴こえるのですか」

「これまで病室でこの子と本当の話をすることだけが、ボクの唯一の楽しみだったんだよ」

「本当の話とはどんな話なのでしょう」

「実はね——ボクは、ヒトというものはみんな死んでしまうのがいちばんいいと心の底でずっとそう思っていたんだ」

「あなたは死にたいのですか？」

「死にたいというのとはまた少し違う。そう願っているわけではないから。でも死が怖いわけでも、つらいわけでもない。ただボクの大切なヒトたちが泣いてしまうから、そうしないだけなんだ」

少年は困ったように笑いました。

「どうして同じものを見ながら、あなたの大切なヒトは泣き、あなたは笑うのでしょう」

「好きなブランドが違うからさ」

彼はNothingの瞳を大きく見開き、にっこりしました。

「そういうものですか」

「みんなそんなもんさ」

「あなたはほかのヒトとは、あまり趣味が合わなそうですね」

「うん。こんな気持ちをヒトに言うと、それだけで心配されたり怒られたりして、結局のところ、誰にも最後まで聴いてはもらえないからね。すっかり疲れてしまうよ」

「それは大変そうだなぁ」

ぼくは、少年の過ごしてきた日々を思い浮かべてみました。

「あれを見てごらんよ」

少年が指差した先には、病院の建物のてっぺんに取り付けられた大きな十字がありました。その十字には、これまでにないくらい深くReasonと刻まれていました。それを見た少年は目を細めました。

「この施設は、ヒトが生きるというぅ思想に取り憑かれている。その正義のためならなんだってするのさ。たとえ、そのヒトの魂を壊してでもね。これはとても怖いことだよ。どうか、いま話したことは誰にも言わないでね。内緒だよ？」

「なぜあなたはそんなことをぼくに教えてくれるのですか」

「君ならほかのヒトたちと違って、ボクらのようなヒトの話だってちゃんと聴いてくれそうだと思ったからさ」

「えぇ、ぼくはヒトではなくネコですので」

ぼくはハッとして透明になっている自分の姿を改めて見直しました。

「もしかしたら、もうネコですらないかもしれません」

小刻みなステップを踏み、体を横に向け、浮かび上がったNothingの模様を見せると、少年は微笑みを崩し、本当の貌《かお》で声を立てながら笑いました。


「それを言うなら、きっとボクだってもう半分はヒトじゃないのだろうさ」

「そうだと思います。あなたの瞳は宇宙の色をしている」


そう伝えると少年は星の瞳を開いて、またにっこりしました。

「ねぇ、知ってる？」

「何をですか？」

少年は視線を落として、花瓶を抱き直しました。

「青い薔薇なんてものは、自然のどこにも存在しないんだ」

少年は青い薔薇の匂いを嗅ぐようにそっと顔を近づけて、鼻先でキスをしました。

「きっとそうなのでしょうね。ぼくも初めて見ました」

「うん。ボクは、ボクを含めていま生きているヒトは、みんな青い薔薇みたいなものだと思うんだ。誰もが一生懸命になって、どこにもない造り物に変身するんだ。そうやって造り出された存在しないものが、この世界にとってはどうやら価値とされているんだ。わざわざ珍しくならなくたって、もとからみんなヘンテコでおもしろいのにねぇ。とにかく、そうやってヒトは、ありもしないものをお互いにやりとりして生きていくんだ。ボクはそれがものすごく怖くてたまらない。あの壁も、あの自販機も、あのベンチも、ボクが着ている服も、座っているこの車椅子も何もかもがみんなそうさ。本当はすべて君のように透明であるべきなんだ」

「でも透明なままじゃ生きていくのにとても大変ですよ。この姿ではおそらく、いつも面倒を見てくれている近所のお母さんから猫缶を頂戴することすら叶いません」

「そうだね。だからヒトはいつも植物の力を借りて、本当の透明な自分を彼らに預けるのさ」

言葉にしたあとで少年はハッとしました。

「そうか、だからこの子はもう何も話さないんだ」

真実に気づいた少年を見たぼくは、嬉しくなって尻尾《しっぽ》を振りました。

「あなたはこの薔薇に、透明なあなたをひとつも預けてはいない。だから、薔薇はもう何も話さないのです。話せないのではなく、何も話さなくてもよくなったのです」

「そういうことか。ああ、でもちょっと寂しいな」

「けれど、この花は喜んでいますよ」

「喜んでいるの？　本当に？」

「本当です。だって、いまこの花は、ただただここで咲いているのですから」

青い薔薇はどうしようもなく青い薔薇以外の何ものでもありませんでした。濁りも余計なものも、混じってはいませんでした。淡い青に染まる花のひとひらにはNothingと記されていました。ぼくにはその薔薇の姿がとても美しくすばらしいことのように思えました。

「あなたの薔薇は、ぼくがこれまで見てきたどの街の花とも違う。本当に綺麗な花ですよ」

「そうなのか、それはすごく嬉しいな」

目を細めて笑ったあと、気づいたように少年が首をかしげて言いました。

「でも、そうなるとボクがここにいて、君のように透明にならないのはおかしくないかい？」

「あなたはきっと、まだやりたいことがあるのでしょうね」

「そうか、この青い薔薇とボクは一体何が違うのだろう」

少年は頭をひねって考え始め、やがてスケッチブックを開きました。挟んだ鉛筆を手に取り、青い薔薇を絵に描き始めました。

「この子は本当の話をすることすら必要ないくらい、本当のものになったんだね。もう言葉さえもいらないんだ。だって、この子自身が言葉の示すもの、そのものなんだからね。ボクはいまでもこうして言葉を使って考えてしまうよ――ああ、そうか。言葉だ。言葉なんだ。ボクにはまだ言葉が残っているんだ」

少年は新しい世界を見つけたときのように目を開いて瞳を輝かせ、スケッチブックを開くと、まだまっさらなページに向かい、瞳と鉛筆を夢中で走らせました。

「ボクはずっと君のようなものをみんなにも見えるようにしたいと思っていたんだ。目には見えなくて、透き通っていて、でも確かにそこにある、明らかなものを。一体どうしたらみんなにわかってもらえるのかって」

少年はスケッチブックの真っ白なページに、絵ではなく文字を記し始めました。

「絵にできないなら文字にすればいい。思い描くのはそれぞれの想像力に任せればいい。きっと大丈夫だ。なぜなら、人は夢を見る生き物なんだから」

少年の目は輝きを増し、瞳の奥に刻まれた星は Nothing と結ばれた線を新しく組み替えました。いま、少年の瞳には Dream と記された光が燦然《さんぜん》ときらめいています。

「君の物語を聴かせて」

「ぼくの話ですか?」

「君はずっと、植物癒しとしてたくさんの植物の話を聴いてきた。きっと、今度は君が語る番なんだろう。そしてボクはそれを余すことなく記すのさ」

「わかりました。では、まず植物癒しがどんな仕事なのかをご紹介しましょう」

そうしてぼくは自分の仕事についてお話をしました。今日あった、さまざまな出来事について語りました。車椅子の少年は、生き生きとした表情でそれを文章に書き起こしていきました。

真っ白なスケッチブックが鉛筆の文字で真っ黒に塗りつぶされていくたびに、少年の姿はどんどん透明に近づいていきます。でもそんなことはお構いなしに、少年は夢中でぼくの物語を聴いていていました。

「君は蟹とも出会ったんだね、すごいことだよ」

蟹とぼくの遭遇する場面を記したとき、少年は楽しさのあまりに立ち上がり始めました。少年は崩れ落ちたりもせず、しっかりと白分の両足で立ち続けていました。物語に夢中で、自分が立てるようになったことも、これまでずっと足が動かなかったことも、すっかり忘れているようでした。

少年とぼくが出会うまでの過程すべてが記されたとき、彼はもう車椅子の助けを借りることなく立っていて、すっかり透明になっていました。

ぼくは蟹の後ろ姿を見送ったときと同じく、なんだかとても快い気分でした。

何かを見つけた少年が向こうを指差して、大きな声をあげました。

「あれが蟹じゃないかい？」

蟹のご主人

それは確かに、先ほどの透明な蟹のようでしたが、いつも彼が背中につかまっている男性の姿はどこにも見当たりませんでした。

こちらに近づいてくると、蟹は透明どころか、もうすでにうっすらと消えかかっているのだということがわかりました。背中の甲羅には何の文字も記されていません。ぼくは思わず駆け寄って尋ねました。

「どうしたんだい、君」

蟹は落ち込んだようにうつむきました。

「俺のご主人がもうじき透明になるのさ」

「それで君は消えてしまうの？」

「ご主人が透明になれば俺がいる必要はもうないからな」

「透明になるっていうのは、いなくなるってこと？」

「いなくなるわけじゃない。見えなくなるだけだ。ご主人はこれからもずっと奥さんのそばにいるだろうよ」

「そうか。君はこれからどうするの？」

「ご主人に会いに行くよ」

「あのヒトと君はいつも会っているじゃないか」

「違うんだ。ご主人は自分が透明になっていく過程で俺の本当の姿を目にすることになる」

蟹はハサミで頭を覆い、いつになく弱々しい調子で言葉を吐き出しました。

「俺はそれが怖いんだ」

「怖い？」

「そう、怖い、怖い、怖いよ……」

とうとう持ち前の長い脚さえ折り畳んで、蟹はその場にうずくまってしまいました。

「ここにいるのは誰だ？　蟹だ。あのヒトをずっと苦しめ続けた蟹だ。そうさ、俺さえいなければ、みんなよかったんだ。きっとご主人は瞳に映した瞬間、目一杯睨みつけて俺を恨むだろう。——いや、百歩譲って恨まれるのはいい。俺の苦しみなんて、あのヒトに比べれば大したことじゃない。でも、そのときのご主人はどうだ？　この世界から離れる最後の瞬間に何かを恨んで去っていくなんて、そんなつらくて悲しいことがほかにあるか？」

どうしようもなく蟹は苦悩していました。それは彼が、解る虫であるがゆえの苦しみに他なりませんでした。

「まだあのヒトが君を恨むと決まったわけじゃないよ」

ぼくは思ったとおりに声をかけましたが、蟹はますます体を硬くこわばらせてしまいました。


「いや、そうに決まってる。なぜ、俺は生まれてきたんだ？ 俺は病、病だ。ヒトを苦しめ、苛《さいな》み、壊していくようにできている病気だよ。俺だって、誰かを傷つけたかったわけじゃない。なんでこんなふうにしか生きられないんだろう？ 生き方がわからない。そして、生き方がわからないやつは死に方がわからないのだ。自分が殺したヒトに、どのツラ下げて会えばいい？ だから俺は、自分の姿を見られる前に、ご主人から見えないようここに隠れて独りで消えていく。それが俺にとっても、ご主人にとってもいいことなんだ」

「本当にそう思う？」

「ほかにいい方法があるか？」

「いや、それはわからないよ」

「じゃあ、お前は何が言いたいんだ」

「君はずっとご主人の背中につかまって、あのヒトを守っていたでしょう？」

「守っていた？　蝕《むしば》んでいた、の間違いだろう」

「でも、どちらにしてもずっとそばにいたのでしょう？」

「そうだよ。だからなんだっていうんだ」

「だから、君のご主人はいま君がいなくて結構寂しいんじゃないかな、って思っただけ」

顔をすっかり覆ったハサミを少しだけ上げて、蟹はぼくのことを見上げました。

「寂しい？」

「そう。君は誰より近くにいたんだよ。たとえご主人にとって君がどんなものだとしてもね。そばにあったものがなくなるときは誰だって寂しいものさ」

「ご主人は俺がいなくなることが寂しい？」

確かめるように蟹はこぼしました。こわばった脚が１本ずつゆっくりほどけていくようでした。

「ご主人に会ってみよう。君も言っていたじゃないか。あのヒトは自分の意志で自分の道を選んで、夢を叶えてきたんだって。君の姿を瞳に映したとき、悲しいか、つらいか、怒るのか、はたまた嬉しいのか、それはきっと君のご主人が自分で決めるさ」

ぼくが語り終えたとき、もう蟹は10本の長い脚を広げて、いつもどおりの元気な蟹に戻りつつありました。

「そうだな」

植物癒しと蟹の物語

「ここにいたのか」

蟹がやって来た方角から、誰かの声がしました。

「ご主人」

振り返ったぼくたちの前に、体が半分だけ透き通った１人の男性が現れました。蟹はつい軽口を叩きました。

「こういうときはどう言えばいいんだろうな。はじめましてじゃないよな。あんたどう思う？」

男性は何も言いませんでした。蟹は少し後ずさりしておびえました。ぼくは植物を癒やすときと同じ気持ちで、そっと蟹の甲羅に触れました。

「大丈夫だよ」

「ああ」

蟹は呼吸を整え、ひどく動揺しながらもまっすぐ自分のご主人と向き合うことに決めました。男性はしげしげと物珍しげな様子で蟹を眺めています。

「ずっとお前が近くにいるのは知っていたんだが」

「これが俺だよ、ご主人」

「そんな姿をしていたのだな、お前は」

「ああ、そうさ、こんな俺を恨むだろう？」

蟹がおずおずと聞くと、男性は一瞬だけ時が止まったように黙り込み、大きく空気を吸い込んで腹の底から笑い出しました。

「おう、そこの奇妙な蟹。お前、俺が消えるのは自分のせいだと思っているのか？ バカを言うな。最初から最後まで、俺は思う存分、自分が望むとおりにやってきた。この結末はほかの誰のせいでもない。なぜなら俺の人生は俺のものだからだ。もちろん、これまでに何の動揺もなかったといってしまえば、それは大きな嘘になる。だが、それでも俺は今日まで自分の大切な仕事をして生きてきた。大体よく考えてもみろ。お前はせいぜい1年かそこらを、俺の中で時間のタダ飯食って過ごしただけだぞ。そうだろ？ そんな赤子同然の蟹ごときに同情されるいわれなんてさらさらないんだ。あまり俺をバカにするなよ」

そう語る男性は怒っているようでもあり、同時にとても楽しそうでもありました。

「ゆっくり時間をかけながら消える準備をしていくことに抵抗はなかった。ただひとつ、消えていく心残りは――そう、言葉どおり、ここに残っていく心は、妻と家族と友人とまだ小さい子犬とすべての大切な人たちへの想いだけだ。妻が子犬とうまくやっていけるか少し心配なんだ。俺のほうによく懐いていたから。まぁ、あいつらならなんとかなるだろうさ。逆に言えば、それらの人の中に俺の心はいまもあるだろう。大切な人たちが生きて俺のことを覚えてくれている限り、どれだけ透明になろうとも、俺は決していなくなったりなんかしない。絶対に。だから心配するな。俺は別にお前を恨んでなんかいやしないよ。それにこれは結構大事なことだが、俺は昔から蟹がどうしようもなく好きなんだ」

男性は歯を見せてニッと笑いました。

蟹はひとつも余すことなく、ご主人の言葉に耳を傾けてじっと彼の表情を見つめていました。やがてあふれ出した想いが言葉となって紡がれました。

「俺はあんたの蟹でよかった」

「そりゃそうさ」

誇るように蟹のご主人は言いました。ぼくはなんだかとても長い時間が過ぎ去ったように感じました。

男性は踵《きびす》を返すと、風に揺らめく水面が凪《な》いで静けさを取り戻していくように、ゆっくりと透き通りながらぼくらの前から立ち去って行きました。

「じゃあな」

その後ろ姿が見えなくなるまで、蟹はずっとずっといつまでもその場に立って見送っていました。しばらくして蟹の呼吸が落ち着いてきたように見えたとき、ぼくは彼に尋ねてみました。

「ねぇ、ぼくたちと一緒に行く？」

蟹は長い脚を器用に組みかえてから、ぼくらのほうに向き直り、ハサミをカチンと2回鳴らしました。

「ああ、行くよ。俺とご主人の話も聴いてくれるか？」

「いいよ。聴かせて」

少年は細い指先で蟹の甲羅をそっと撫でました。それから植物癒しの物語を記したスケッチブックと鉛筆を車椅子の上に置いて、大きく伸びをしました。

「できたよ。とても幸せな気持ちだ」

「じゃあ、行こうか。ぼくら一緒にたくさん話をしよう。みんな言いたいことがひとつもなくなるまで好きなだけ話すんだ」

透明になったぼくと蟹と少年は歩き始めました。夕闇が訪れた病院の中庭には、車椅子とスケッチブックだけが残されています。

ぼくらのおしゃべりはいつまでも尽きることがありません。星の数ほどの言葉が現れてはまた消えました。

きっと、この言葉と暗闇の先で、ぼくはまたいつか眠れる獅子と出会える。そんな気がしました。

やがて日が完全に沈んだとき、ぼくらは闇に溶けて夜とひとつになり、本当になににも見えなくなっていきました。そこにはもうなにもありません。

おしまい

さいごに

ここまでお読みくださったあなたなら、よくおわかりかもしれませんが、ひとつだけ、ごめんなさいを言わなければなりません。つまり、この物語を記したのは植物癒しの猫ではなく、車椅子に乗っていた少年であるボクなのです。

ボクはできる限り、真実を記そうと懸命に努めたつもりです。ボクの青い薔薇や癒やされた植物たちがいつもヒトにしてくれているように、ボクも植物癒しの声を聴いてみたかったのです。

よろしければ、あなたも植物の声に耳を傾けてみてください。もしかしたら何か聴こえるかもしれないし、あるいは何も聴こえないかもしれない。どっちにしてもそれはとても素敵なことだと思うのです。

実はボクらが暗闇に溶けゆくまでの間にも、素敵な冒険がひとつありました。もしまた会うことがあれば、その物語についてもお話ししたく思います。いつか会う日のために、ボクらの合言葉を決めておきましょう。この言葉をどうか覚えていてください。

Nothing But Dream.

大丈夫です。忘れてしまっても構いません。なぜならすべては夢に過ぎないのですから。

The (not) End.

あとがき

『植物癒しと蟹の物語』は、ある女性との数年間にわたる交流から生まれた物語です。彼女は僕の大切な友人であり、スクールカウンセラーの仕事をしています。

息が苦しくて教室に入ることのできない生徒の話を聴いたり、ふさぎ込んで口さえ利いてくれなかったとしても、ずっと辛抱強く一緒に寄り添うような仕事です。

学校へ通うことがつらく、相談室を訪れる生徒たちのことを、「教室に行かないという選択ができる、強い意志を持った子たちだ」と彼女は言い、その生徒たちが自分にとって何にも代え難い誇りであるかのように、いつも楽しそうに話してくれます。

僕は、生きる元気をすっかり失っていた二十代前半に彼女と出会い、それからよくお喋りをするようになりました。十代に受けた心の傷を抱えたまま、ろくに働くこともできない自分に彼女が明るく接してくれることは、当時の僕にとって大きな救いでありました。

前を向き始めた僕は、どんなに小さくてもいいから自分にできることを探そうと思い、ある日から小説を書き始めました。小説をひとつ書き上げるたびに、自分という人間が少しずつ取り戻されていくように感じました。僕は自分の中に生まれた新しい希望にすがり、長編小説を書いて、賞へ応募することを決めました。幸運なことにその小説は賞を受賞し、書籍が刊行され、僕は小説家という肩書きを得ることができました。心の暗闇から抜け出して、初めてこの世界に認められたという気がしました。

しかしその後、新しい物語を書くにあたって、〝多くの読者〟を意識するあまり、小説を書くこと自体が苦しくなってしまった時期がありました。僕はある日、彼女へ「誰かひとりのために物語をつくりたい」と打ち明けました。そのとき彼女が「それなら、娘と結婚した義理の息子がこの世に生きていた証を物語の形に残してほしい」と告げてくれたことから、この物語の制作は始まりました。

こうして僕は執筆依頼を受け、彼女は物語を書くための手がかりとして、自分の家族にまつわるたくさんの思い出を語ってくれました。

義理の息子さんは肺がんで2年前から入院しており、もう桜を見ることはできないと医師に告げられてから2度目の春が訪れようとしていること。レーシングカーの修理や改造を生業としていて、自身もレーサーであること。蟹を食べるのが何より大好きで、外出日はおいしく蟹を食べるために、たとえ痛みがあろうとも、抗がん剤を断《た》って料亭に挑むということ――。

僕は彼女と家族の記憶を胸にしまい、物語の執筆へ取り掛かりました。

依頼をくれた彼女の人柄と仕事にまつわる要素を、登場人物の中に込めたいと思った僕は、それを語ることのできる物語の形について考えを巡らせました。まず最初に、彼女のような、悩める人や苦しむ人の言葉を大切に聴くことのできる誰かが、この物語を進めてくれるはずだと信じることにしたのです。

苦しむ人こそが、誰かのためにじっと耐える強さを秘めている。地に根を張って、静かに人のそばへ寄り添う植物のような優しさが、僕らの過ごす日常を支えている。そんな大切な人たちの心を守り、助けてくれる誰かがほしい。人を癒やす植物のように、優しい人をまた癒やしてくれる者がどこかにいないだろうか……。

そうだ、植物癒し。それは植物癒しという仕事なんだ。

僕はそう思い至り、1行目を書き出しました。

「はじめまして。ぼくはヒトのたくさん住む街で植物癒しをしています」

執筆が始まってから間もなく、義理の息子さんはご家族が見守る中で、その短い生涯を閉じました。義理の息子さんが亡くなられたあと、彼女の娘さんが旦那さんとの日々を綴《つづ》った手記を読ませていただく機会があり、彼が皆から愛され、とても穏やかにその日を迎えたのだと知りました。波乱万丈でありながら、ユーモアにあふれた文章で夫妻の絆を深く感じました。

それから、僕はまた執筆を続け、物語を完成させて一冊の本に仕上げ、友人と娘さんに贈りました。彼女たちが本を受け取ってくれて、本当に嬉しかった。

この物語を綴り、友人とその家族に贈る機会を得られたことを、とても光栄に思います。ずっと小説を書くことに苦しんでいた僕が物語を書いていく希望を取り戻したことを、義理の息子さんの、旦那さんの、あなたたちの大切な人の生きた証のひとつにどうか加えてください。

これが『植物癒しと蟹の物語』について、僕が語るべきことのすべてです。

かつての僕の苦しみの記憶は、小説を生み出す力になりました。僕は物語を書くときに傷ついている人のことを考えようと努めます。僕が味わったような深い暗闇の中にいまも溺《おぼ》れている人や、そこからようやく抜け出したばかりの人や、かつてそれを味わい、その痛みを理解している人のことを。

暗闇と出会わない人生など、きっとどこにもないのだと思います。今回の幸運な出版によって、「誰かひとりのための物語」が種を蒔くように、多くの人々のもとへ届いていくことを喜ばしく思います。

この本を手に取ってくださった方にとって、ここに記された物語がほんの少しでも足元を照らす日々の支えや慰めとなることを願っています。

小林大輝

小林大輝《こばやしひろき》　一九九四年生まれ。兵庫県出身。二〇一八年に幻冬舎・テレビ朝日・pixiv三社合同の小説コンテスト、ピクシブ文芸大賞で大賞を受賞し、幻冬舎から『Q&A』を出版。テレビ朝日にてドラマ放送。二〇一九年、韓国語版が出版される。

植物癒しと蟹の物語
The Story of Plant Healers & Cancer

2020年10月25日　初版　第1刷発行

著　者　小林大輝

装　丁　鈴木哲生
発行者　針谷周作
発行所　コトノハ株式会社
〒145-0064 東京都大田区上池台 1-7-1 東豊ビル5階
電話　03-6425-9308
https://cotonoha.co/
info@cotonoha.co

印刷・製本　中央精版印刷株式会社

ISBN 978-4-910308-01-2 C0093